JN276514

Sleepwalker

眠りへの階段に置かれたタイプライター

夢と現の狭間で打たれた 能動的な溜息

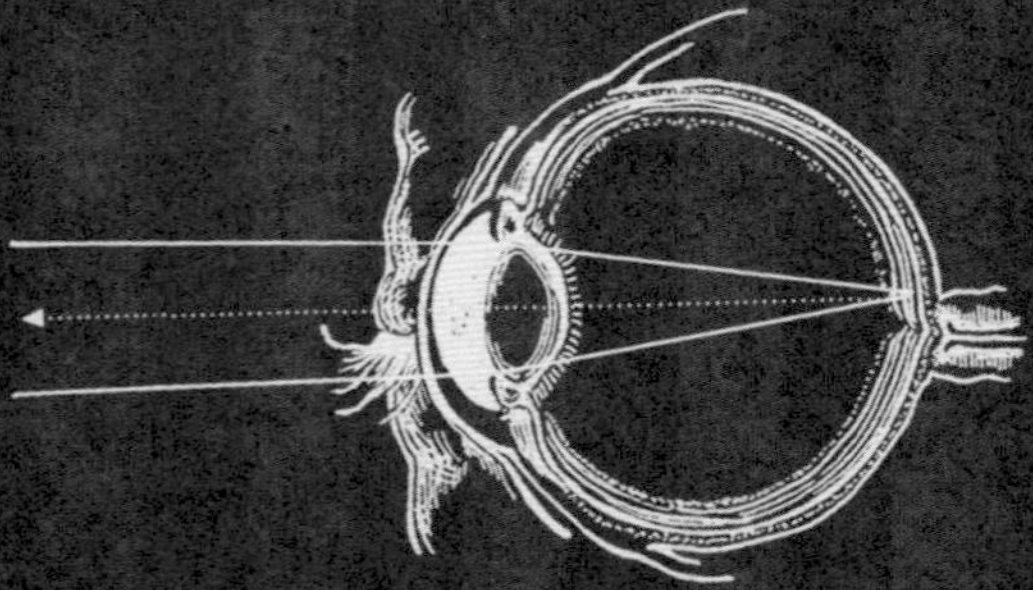

thinking like a ghost.

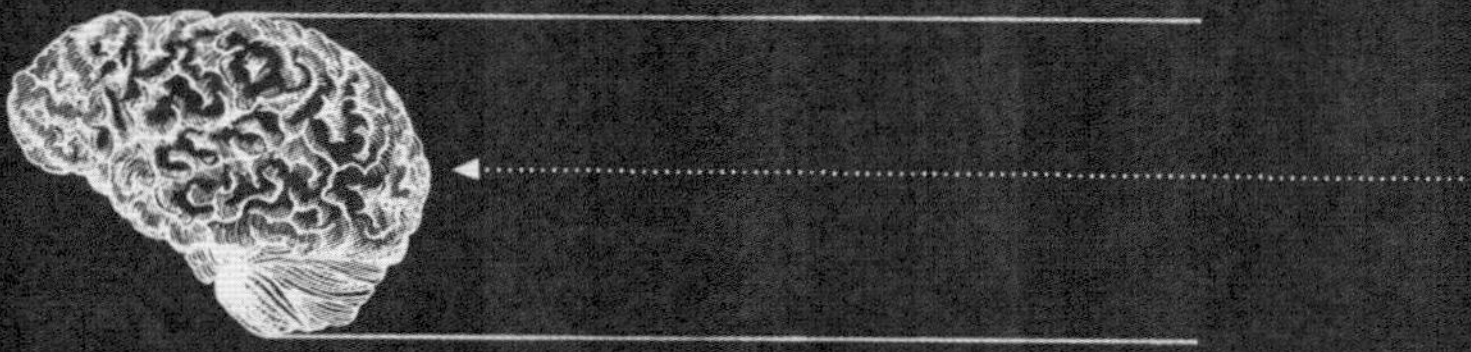

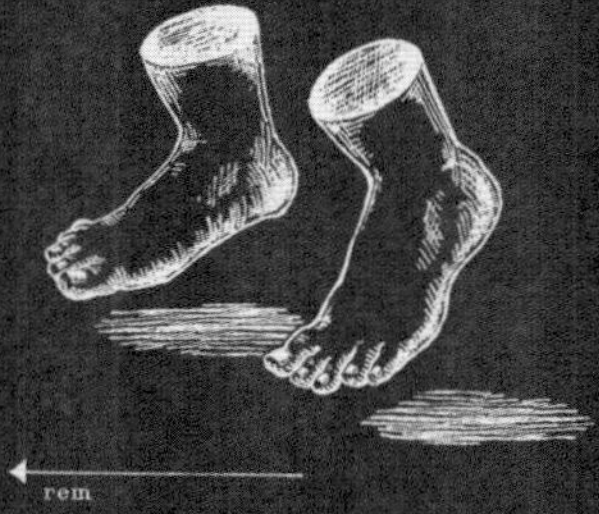
rem

Sleepwalker
1. the act or state of walking, eating, or performing other
of which one is unaware upon awakening; somnambulism.
1. of or pertaining to the state of walking while asleep;

ガイコツの唄

肉を脱いで手に入れたカラッポ　おかげで永遠を持った男
骨の体は眠らない　だってもう眠っているから
骨の頭は目覚めない　だってもう眠らないから
ガイコツ男はカタカタ踊り　逆回転の鎮魂歌を奏でた
これでお腹もすかないし　靴も指輪も必要ない
「サヨナラ・ニンゲン」　でもあの音だけは消せはしない
世界で一番強い音　ドクドク波打つ心臓の音

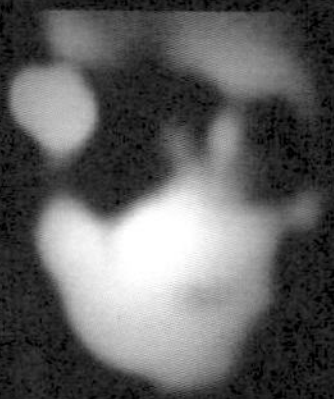

夏の王国

街の中に海の匂い
光とガラスとハイヒール　カツカツと尖って刺さる視覚調査
消えない記憶　忘れない匂い　果たされない約束
夏に似た陽にうたれて　三年前になくした傘の夢を見た
また夏が来て秋が来る

啓示犬

夢の中で犬が吠える　何かの警告
よく見れば　昔飼っていた犬
無償の愛をくれた　感染症で死んだ犬
俺を前にしても　ずっとずっと空だけ見てる
空に何かがあることを　教えようとして
その濡れた瞳に見えたものは「宇宙」
限界という曖昧を超えるときが来た

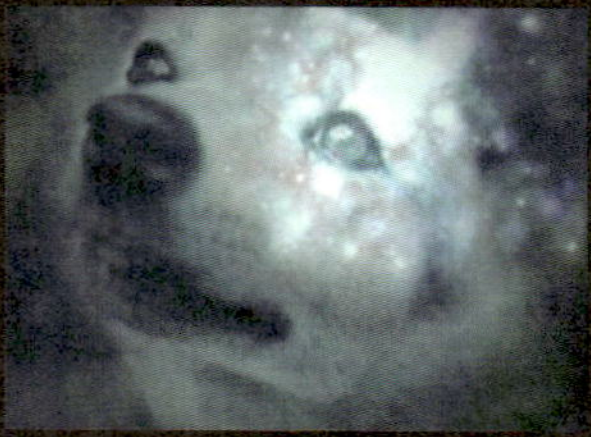

狭間

夜でもない朝でもない時間に
悲しくもない楽しくもない風が吹く
そんな不幸でもない幸せでもない人生・・・
どこからかサティが聴こえる
今日も想像する　薄皮一枚超えた世界を

喜劇王

笑わない喜劇王　唄いながら地下を行く
「オマエが明日を笑う時　オマエの今日が死んだ時
オマエが昨日を恥じる時　オマエが明日を笑う時」
喜劇王はいつもいる　オマエの足の下の下
無表情で見つめてる　オマエの心にある明日

天使の時間

キミの両袖から光の階段が降りてきて
ボクは遠足の小学生みたいに無防備に駆け上がる
六十億の偶然の中に隠された数少ない必然
美しい詩を見つけた

水飴ロック

死んで神格化される猥褻議員　鉄の龍で命を奪った愚鈍の園
真夏の水飴みたいに耐え難い現実
強く目を閉じ護符をゲット
「明日は今日を忘れ　今日は明日を知ったかぶる」
一寸先は闇でも　その闇の中に小さなロウソクは落ちている

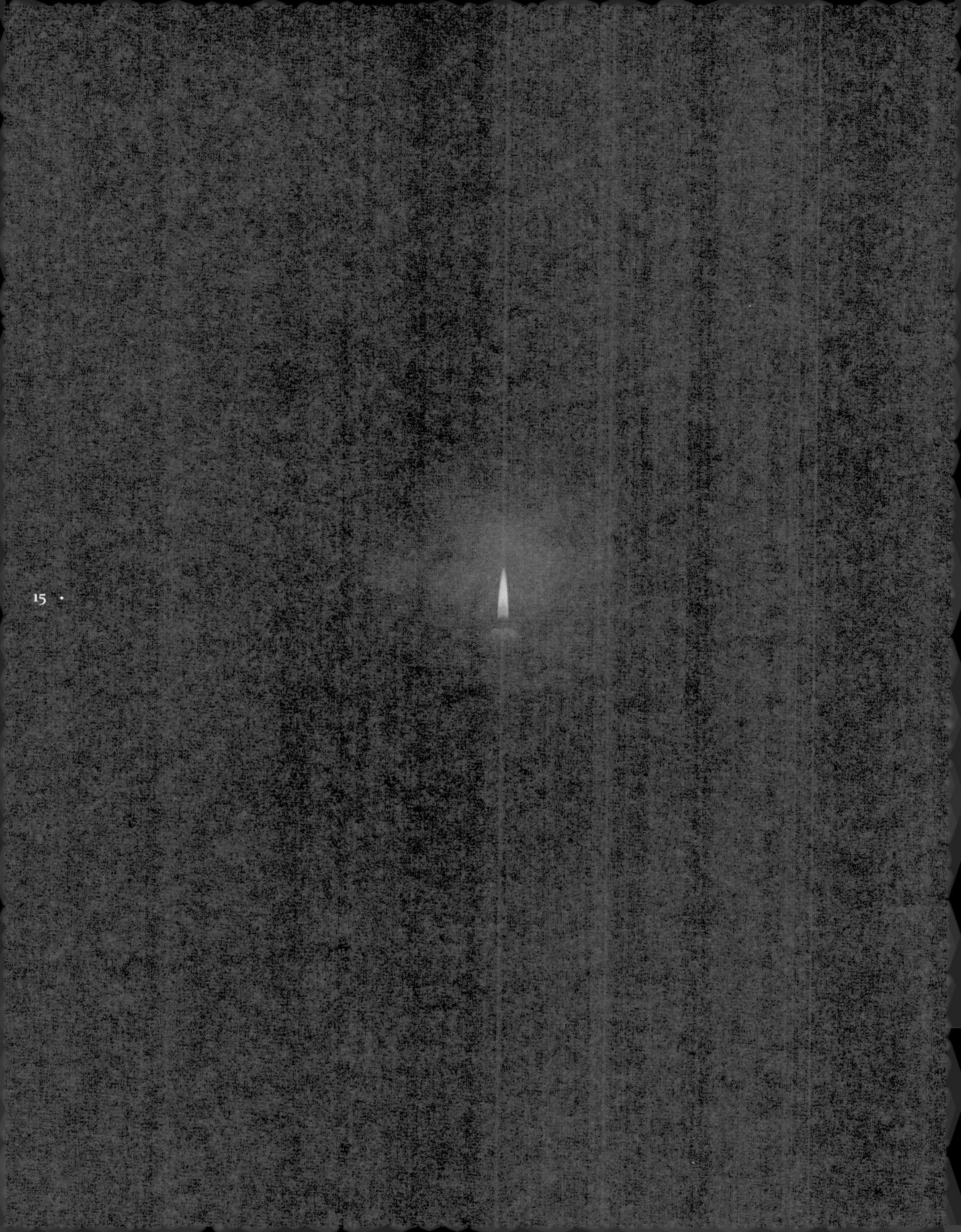

15 ·

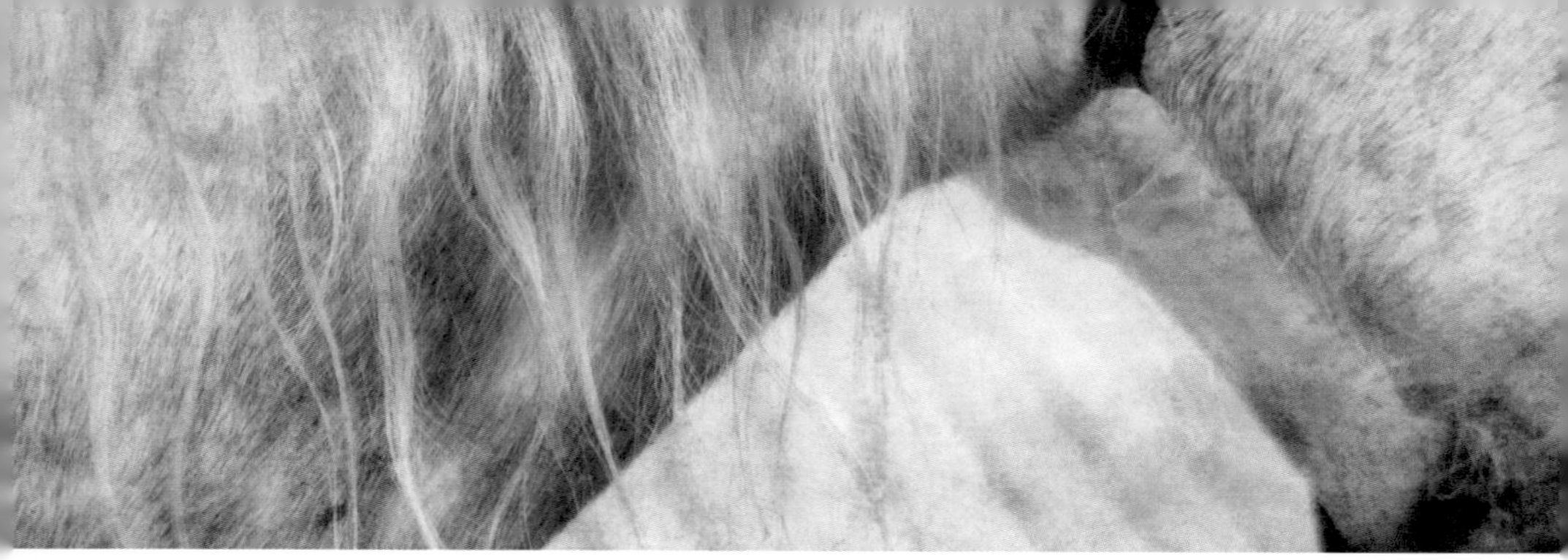

痛みの地図

Map of Pain

◈

夢と現の狭間をつなぐ皮膚のカーテン
少しだけ開けて見た世界は　まだ夢のようでした

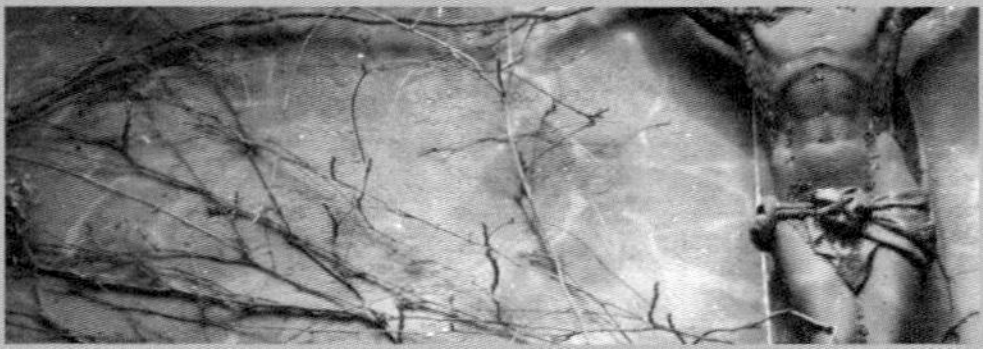

宇宙は刻々と姿を変えている

人と人との関係も日々流動的に変化する

俺はもう出会いにも別れにも躊躇しない

いつだって味方は敵になるし 敵は味方になる

人生は瞬きくらいの一瞬世界

いらない物は捨てて 鮮やかな瞬きを目指す

◈

ロックンロールの国では　悪魔と天使が半分ずつ住み

互いを認め合いながら仲良く喧嘩する

優しくバラードで包み込み　油断したところで蹴りを入れる

そんなスリルを愛して生きる

◈

人生の iPod には巻戻しも早送りも一時停止も無い

あるのは再生と停止だけ

だから人生には音楽が鳴っている

停止するまで楽しもう

プチプチと冬の空気の音がする
明日 世界が終わるような緊張感
孤独を正当化できる季節は　俺の心を自由にする

◈

目に見える星よりも 雨で隠れた星が好き
想像は現実を超える力があるから
今日泣いている人は明日きっと輝くから

◈

頑張った一日の最後には ほんの小さな奇跡が起こる
気づかないくらいに小さく
もう知っている人もいるかもしれないけど
細胞が照れくさそうに笑うんだ

◈

それキミの人生に必要？

◈

日々は神がくれたスケッチブック
余白をたくさん取るか
隙間なく描いて埋め尽くすかは 自分で決めていい

左右のすすめ

人は同時に左右異なった像を見ている
それぞれの平面的な像は脳内で融合し　一つの立体を形成する
古代インドの僧兵は　両の目を別々に動かし　大量に飛び交う矢を
避けることが出来た　一つであるかのように見える世界は
二つの側面を持ち　それを認識する者に三つめの目を与える

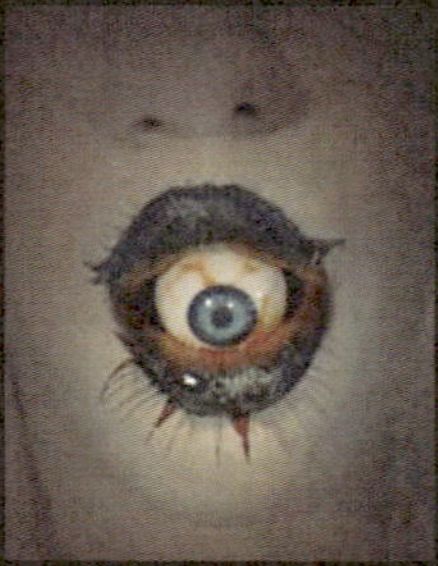

ラッキーマン

今日も奇跡的に通り魔に遭わず生きていました
今日も奇跡的に電車事故に遭わず生きていました
今日も奇跡的に食中毒に遭わずに生きていました
今日も奇跡的に大地震が起きずに生きていました
今日も奇跡的に遊園地の遊具が壊れず生きていました
生きているだけで奇跡な世界　今日の幸運にありがとう

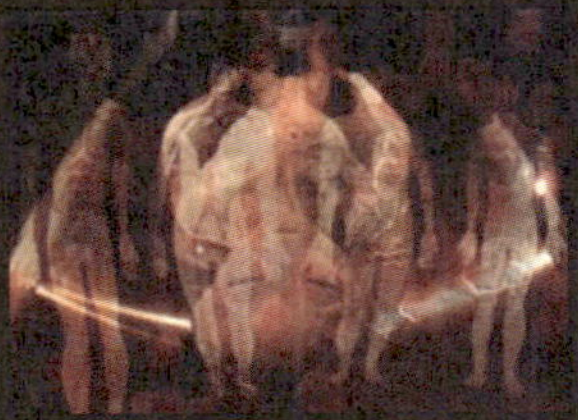

一週間

「我々は自然を鑑賞することばかりで自然と共に生きることは少ない」と
オスカー・ワイルド
「もし世界の終りが明日だとしても　私は今日リンゴの種子をまくだろう」と
ゲオルグ・ゲオルギウ
自宅の玄関で蝉が孵化　ネオン管みたいな羽根と　羊みたいな瞳
お前はあまりに美しい　期限付きの命を 音楽みたいに燃やせ

野良ジョーンズ

庭に見知らぬ猫　目が合っても逃げる素振りもみせない
まっすぐ俺の目を見つめた後　大きなあくびをした
闇の日々に予期せぬ風が吹く
天に見放されていても　俺の足元では猫がなついて蝉が孵化する

兎雲

プールで溺れた夢のあと　その夢の尻尾を捕まえたまま灼熱の街に出た
頭上に浮かぶ白ウサギ　焦げた道で揺れる人の手　顔のないキミ・・・
ゴーギャンの絵みたいに　ジリジリ香ばしく焼かれて
俺はアスファルトの溜息になる「嗚呼　夏なんて！」

花と蜜と小さな海

電話を開発したベルは　ポケットに花の種を忍ばせ いたる所で撒いた
庭は世界に広がって　見知らぬ者の心を癒した
コンクリートを使わない石垣職人　草むしりを率先する鶏
蛇退治のコーギー犬　共に庭を守る仲間たち
ターシャは冬支度に蜜蝋で１００本の蝋燭を作った
オレンジ色の部屋から臨むブルーワールド
月明かりで　白い花畑が地上にプラネタリウムを描く
癒しの庭は確かにある　それを見つけるには１００の苦難が必要らしい

不思議な楽団

Strange Orchestra

 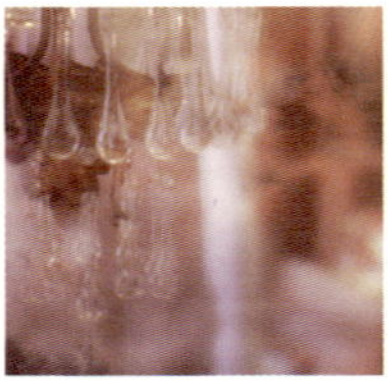

◈

眠っているときは善人も悪人も関係ない

みんな産まれたばかりの赤ちゃんみたいに

明日のミルクの夢を見る

今日は嫌な事が一つも無かったから

良いことが一つあった事になる

◈

夜になると

みんなパジャマで布団にくるまり目を閉じる

当たり前だけど人間って可愛いな

キミが嫌いなあの人も きっとガチャピンパジャマで鼻笛鳴らし

明日はキミと仲良くなりたいって思ってるかも

◈

ガイコツを怖がる人がいる

毎日頭に乗せて生きてるよ

歯が気持ち悪いって言う人がいる

自分の口の中に入ってるよ

雨音が全ての言葉を超える夜

世界中の詩人がキミに一目置いている

◈

夢の入口でいつも思うことは

明日があることは当たり前じゃ無いってこと

もし明日も生きていられたら

大切な人たちの事を いつもより長めに考えよう

◈

森の奥深くに売地があった

精霊に気に入られたらツリーハウスを作ります

星と童話と温かいココア

誰にも見れない世界を見る旅

Rain Books

逆回転の雨が降る
大地から水を吸う樹のように　雨は地上から天へと舞った
水たまりに浮いた読みかけの本
もう読まない本　読むつもりもないのに買った本
天へ舞い 記憶が曖昧になる
雨の速度に合わせて動悸を数える
雨はキミを一度殺し
新しいキミを再生する

・・・

「・・・」

「・・・・?」

「・・・!」

「・・・・・?」

「・・・!!」

「・・・?」

「!」

世界は・・・で出来ている

「黒」の中にもそいつはいる

ガーデン・レッスン

ふと庭を見ると　白い雑花が大量に咲き　小さな鈴の音を奏でていた
その日の出来事からメッセージを見出す
黒い記憶は灰色の種を生み　一本道に白い花を咲かせる
無数の道はそれぞれの小さな鈴を持ち　少しでも巧く奏でようと
今日もレッスンを続けている・・・

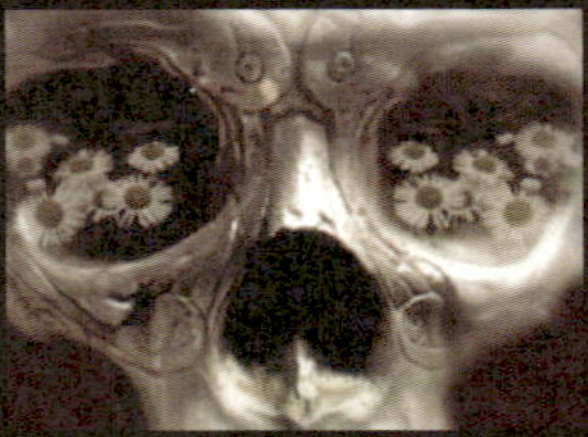

ロールシャッハ

一枚の写真が偶然を必然にする　目を閉じて19カウント
時計と白馬　カメレオン　サイズの合わないカーテン　嘘つき医者
シマ模様のネコ　高い山　割れた青瓶　ジョンレノンのウインク
19秒経過　向き合うものにしか向き合えない世界がそこにある

闇光闇

やたら目が合う知らない男は　俺の中に何かを見ていた
毎月曜日に俺の家を覗き込む女は　涙色の鞄を二つも抱えている
美しい世界と醜い世界は混在し　蜷局を巻いて潜在意識を刺激する
雨上がりの空は　泣いた赤鬼の涙みたいに綺麗です

月とライト

二つの月がありました　二つはいつも一緒でした
ある夜　一つが　雲に隠れて　突然いなくなりました
悲しくなった残りの一つが　自ら消えそうになったとき
ふとあることに気づきました　もしボクが消えちゃったら
もう二度と　二つで一緒に光れない
もしボクが倍に輝いたなら　いつか戻って来てくれる
ボクはここにいるんだよって　分かるようにしてなきゃな

そして一つは力の限り輝いた　倍輝いたら寿命は半分
それでもボクは輝いた　生きる目的見つけたからさ
夢のために全部の力　出せたら　それが宝物
だけど時々　消えかかる　寂しすぎて消えたくなるよ
そしたらなんと　アイツが二倍
ボクの瞼の裏側で　どんどん眩しく輝いた

不確かな約束

金星が太陽を横切る姿は
あの人が急行電車に乗っていたのを
各駅停車から見つけた時の切なさだった
見えているのに届かない
105年後の来世　再びキミを見つける予定

砂は砂へ

日記と詩と物語　境界線を曖昧にして実体を嫌ってみる
破壊と創造をくり返し　少しずつ答えを見つけていく
海辺にそびえる砂の城に　風が「完成」をあざ笑う
ガウディの「サグラダファミリア」は作りながら修復に追われている
足を止めた瞬間　崩壊が始まる実体の曖昧な世界
歩いて歩いて歩いて歩く

It's Raining Cats & Dogs

英語のスラングで「土砂降り」を意味する言葉

猫のくせにネズミ色のワンピースを着て
犬のくせに昆虫みたいなサングラスをして
二人は出会った・・・

初めて会った時　二人は同じ夢を見ていた
行ったこともない森の夢を

涙色のブランケットを羽織って　二人は森を歩いた
時計じかけの馬を探して　俺たちは時間を逆行した
そう俺たちはヌーヴェルバーグ
白い羽根の吐息に包まれて　二人の背中が波打った
血管が歌い　魂の影をノックする

耳を澄ませてごらん
海の奥底で眠る無数の船が　俺たちを祝福している
青緑の光を発して　覚えたての口笛みたいに
たよりない汽笛を奏でて

犬は猫を疑う
唇に羽がはえているから
猫は犬を恐れる
最後みたいに吠えるから

犬は猫が分らない
猫は犬が分らない
同じ生き物なのに　同じ4つの足なのに
ボディの年式が違うから?脳みその型番が違うから?

宇宙のしずくに満たされて
二つの魂は時空の壁を越えて
どの時代でも飛んで行ける
森の歌が風に乗って　耳の螺旋を滑り込む
犬は猫を知っている　愛しさと憎しみの狭間で
猫は犬を知っている　安らぎと恐れの狭間で

背骨が天使の夢を見る頃
黄金色の産毛をはやした夜が二人を襲う
この道を行こう　二人なら怖くない

でもアタシ　びしょ濡れになるわ
買ったばかりの傘をなくしてしまったの

大丈夫　俺が見つけるよ
キミを濡らさない世界一大きな傘を

青い海が猫の目玉をくるんだ
たよりないまつ毛が足元までの滑り台を作り
転がり落ちる青い滴が　空を舞うカーペットを作る
綺麗な涙だ
それに乗って夜空を旅しようよ

空の星って　本当は水に映っているんだよ
巨大なドーム形の天井の海にさ
見ている人の心が澄めば澄むだけ　星は輝きを増すんだ

ねえ誰と見る星が一番きれい？

そして二人はキスをした
俺という星の　どうしようもなくガサガサした地面を
地獄のように優しく包み込む　ものすごい君の唇で

嘘つきで気まぐれな唇だけど
自分だけのモノならいいのにな

俺たちはいとうっとうしいんだよ
愛おしいとうっとうしいの中間
大嫌いと大好き　二度と会いたくないけど毎日会いたい
電話はしたくないけど　声が聞きたい

もし全てが嘘だったら？
見て来たこと　全部が幻だったら？
二人に何の繋がりも無かったら？

じゃあ今二人は何してる？
ここにいる　そう出会ってる
ここから始まるのかもしれないよ
メビウスの輪の書き出し地点だ

It's Raining Cats & Dogs

じゃあ切りつけて
飴細工のブレードで
アタシのハートの真ん中を

星のベールを羽織った海を越え
誰にも気づかれないように消え去りたい

目玉を注意深く見ておいてくれよ
目は変わらないんだ　生まれ変わっても
目の中に全ての時間が詰まっているから
だから俺たち　すぐに気づき合えるんだ

手を放してよ　魂をつなぐその鉄の手を

ねぇごはん食べようよ
あの店のまだ食べていないメニュー
万華鏡を買いに行く約束も

忘れ物たくさんあるね
でもまた会える
そんなに急がなくても宇宙はまだまだ無くならない

青く広がる無限の世界で
心のイレズミがメビウスの輪を描いた

サヨウナラ　　サヨウナラ

奇跡のような夜が　再び訪れることを願って・・・

僕は鳥　犬の形をした鳥
私は雲　猫の形をした雲
地図の無い青い国と　文字の無い赤い国から来た
鉛色のチョコレートを口に含んで

二人は今日も空を探している
自由に飛べる空を探している

It's Raining Cats and Dogs.

甘い夢

Sweet Dreams

◈

キミの声を聴いた夜は

どんな音楽も必要ない

“ おやすみ ”

たった４つの音が

夢への階段をなだらかにする

海辺に建てた新しい家で
もう会えない人と枯れた木に水をやりました

◈

いくつになっても愛が何かは語れないけど
確実に存在しているのは分かる
愛って宇宙人みたいだな

◈

スキになっちゃいけない人をスキになって
わざわざキライなふりをして
やっぱりスキなのでバレてしまい
でもキライなふりをしたのでキラワレた

◈

一日一日を大切に生きたいから
カレンダーの冷たい数字に名前をつけた
3月28日は赤毛のジェーン
ジェーンを泣かせないために 明日は多めに笑うんだ

五十音の最初の二つ

それが宇宙の存在する理由

◈

眠りに落ちる 13 秒前

右目だけで天井を見ると　出迎えに来た馬車が見えるよ

でも馬と目が合うと

三日間悪夢から抜け出せないから 鼻の頭を見るように

たまにそれが悔しいのか「チッ」って舌打ちされるけど

上手に馬車に乗れたら

キミの隣にもう会えない人が乗っている

◈

嫌いになったところで

また来世で好きになるんだから

もう嫌いになるのはやめました

◈

キミは 100 人の村で 100 人に好かれたいんだね

ボクは 1000 人の村で 900 人に憎まれたい

おやすみ大好きな 100 人

chance

「人生の宝くじ」を買った
自分で好きな数字を書き入れるシステム
抽選会は努力の数だけやって来る

Sleepwalker

あの靴は毎日履いてたお気に入り
あれは彼女からのプレゼント
あのブーツはデザインだけで履きにくかった
そう　靴の記憶はたくさんあるのに
已の記録はゴーストみたいに曖昧だ
夢遊病者みたいなフワフワの日々
靴紐を強く絞めても足跡は濃く残らない

回転率

夢見がちに恋をして　勘違いで終幕し　壁の前で立ち尽くす
しばらく闇を仰ぎつつ　自分の鼓動を聞いてたら
8ビートのリズムに合わせ　コーラスみたいな血流音
初めて聞いた音楽が「イキテル　イキテル　イキテル」と
何度も何度も唄います　もういいだろ?と問いかけても
そいつは止めずに唄います
足に力がふと戻り　マフラー巻いて歩き出す
「イキテル　イキテル　イイカンジ」
唄を自分でアレンジし　新たな道を加速する

三匹の魚

大海を夢見て旅したカコ　イマ　ミライ
「おい！川の主！俺たちはもうダマされないぞ！！」
そう口にして約10分　あっという間に座礁した
さようなら　さようなら　さようなら
ベバリー・シルズは言いました
「たとえそれがどこであっても　行く価値のある場所への近道はない」
ああ人生って面倒くさい！

カラッポノウミ

こんなに広い海なのに　もう何もありません
穏やかな海面に悪魔のイカズチ！
踊るように泳いだ魚は傷ついて息絶え
キラキラゆらめく貝の小部屋も　荒波に奪い去られた
オトコは一人　トロトロの舟に乗り
針のない方位磁石を眉間にのせて
何度も何度も　泳げない魚の夢を見る
もう何もない海は　こんなにも広いです

Beautiful World

立て続けに他界して行く近しい人々　人を愛おしく思う人の美しさと
人を愛おしく思う人を愛おしく思う人の美しさが沁みた・・・
強い人が泣く姿はとてもとても美しかった
その夜　突然の結膜炎　二種類の点眼薬　ゆらゆら滲んだ世界
素敵な仲間が運転する車の後部座席で　新しい音楽を聴いた
美しいものは確かにある　それはとても身近に

おしいれのぼうけん

子供の頃は押し入れに自ら入り
いろんな所へ遊びに行った　長いトンネルを抜けて
青い湖にも行けたし　森の赤い小屋にも通じてた
大人になったら押し入れは　ただの荷物を入れる場所になり
暗い闇の向こうには「不安」の文字しか浮かばなくなった
知らないものは知らないままでいれたら
知らないものを知らないままに描けたのに

むへふへ

今日も飼い主不明の犬が吠え　街中の表札は解読不能だった
ある本に「自分の中にある恐怖の正体を探れ」とあった
その恐怖が自分に伝えようとしているメッセージを探るらしい
「苦しみは変わらないで　変わるのは希望だけ」というマルロオの言葉があるが
希望は変わっても　また新たに作り出すことも出来る　はず
そして「恐れ」も　自分の中で製造している可能性が高い　ワン！

終わらない学校

Endless School

◈

あなたは狭い美術館で嫌いな人に会った場合どうする？

1.　気づかないフリして　ゆっくり鑑賞

2.　話しかけられる恐怖に耐えられず素早く去る

3.　絵画よりもその人を観て威圧する

①の人は出世します ②の人はくすぶります
③の人はカルシウムが足りません
④の人はすでに死んでいます

人生が長くて退屈なら　歌いながら早く走れ

◈

自分の存在理由が分からないって言う人に

存在理由なんてあるわけ無いよ

自分の視点で世界が見れたら その疑問は解決だ

◈

人生という教室の黒板には一言だけ書かれている

「楽しめ」

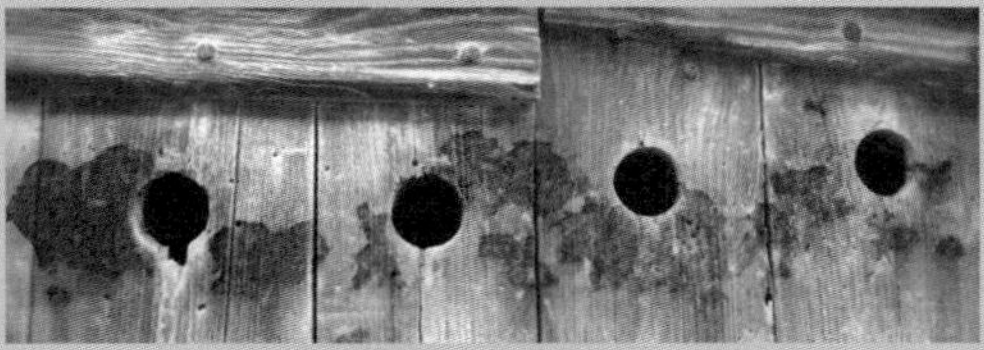

心の指令は頭に届くけど 頭の指令は心に届かない

だから俺はまず心に聞く

◈

チェシャ猫

「どっちへ行きたいか分からなければ

どっちの道へ行ったって大した違いはないさ」

＝行きたい道が選べないのは キミにこだわりが無いって事さ

◈

話していて面白い人か

黙っていても絵になる人とだけ時間は共有すべきだ

努力していない人を目の前にする暇は無い

Rail road blues

二つの影を置いたまま　列車は明日にやって来た
光の記憶に水をやり　闇の記憶に鍵かけて
雨上がりの一本道に　見えない線路を描き出す
ガタゴトガタゴトお前のビート
俺という名のポンコツの　血液ポンプとよく似てる

LOVE & ROCKET

心臓型のロケットに嫌いな人の写真を入れた
ハート型の枠の中 それは少し可愛く見えた
大嫌いで大嫌いで なんだか結局大好きです

さよならの誕生日

水のように心のままに　風のように自分らしく
それは別れの日　それは新たな日々への誕生日
遺影の上の暖簾あたりに　貴女の姿を見つけました
閉じたはずの天の門が　「次」の産声と共に開かれて
築地に舞い降りた光が　俺の耳にある言葉を伝える
「人は死なない　死ぬのは不完全だった部分だけ
命は消えない　消えるのは未熟に対する恐怖だけ」
慌ててノートに走り書きして　いつもより長めに空を見た
少しだけ秋の匂いがした

（故・山口小夜子さんへ）

LIFE

ある日　池のほとりで少女が泣いていました
すると水底から白い鯉が現れて　こう言いました
「何が辛いんだい?」
「美しい思い出はどんどん美しくなるのに
辛い思い出は全てが自分の罪みたいに思えて来るの」
「美しかったものを無理に汚そうとしないことさ
たくさん泣いて　池の水をとびきりキレイにするんだ
するとどんどんソイツは白くなって行くんだ」

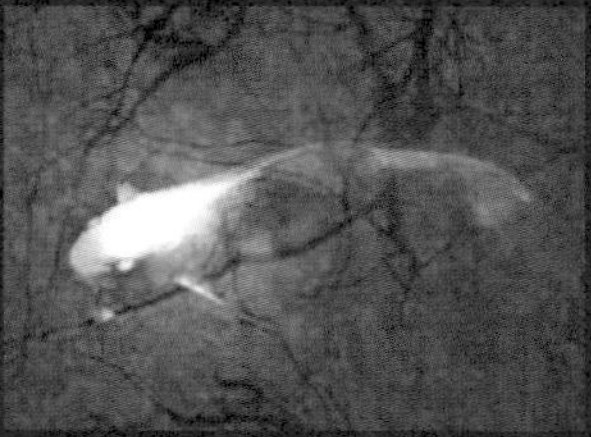

肩にウサギを乗せた男

路地裏には月明かりも届かないのにキラキラした店がある
入り辛い雰囲気が漂い　開けるべきか否か自問自答をくり返す
扉は全身を使って開ける　出迎えてくれるのは　訪れた貴方自身
日常に潜むファンタジーは　己の感性が見つけ出す宝石

Nostalgia

列車の窓から見える山間に　民家の橙色の灯り
降り立ったこともないはずの土地に　前世の自分を見る
歩いたことのない道を歩きたい衝動に駆られる
初めて通る路地には　ノスタルジアという魔物が潜み
住人を持たない家からカレーの匂いをさせる
幼少時代の自分が角を曲がってやって来て　その家の内へと消えた

Light My Fire

1日平均90人　1年間に3万人
闇の中にも淡い光があることを信じない人々
額縁に入った絵にあるのは「限界」
額のない絵には枠の外を想像する「余白」がある
描かれていない部分を心に描く「自由」がある
「一寸先は闇」ということわざには額縁がない
「これから先なんて分からない」と捉える自由がある
闇は絶望じゃない　闇は明日を想像する余白　そう闇は「楽園」

ROCK

ロックの定義は「現在進行形」であること
無様でも歪でも
がむしゃらに転がり続けているものだけが見れる世界がある
そのロックと言う名の世界では
案外カッコ悪いものの方がカッコイイ

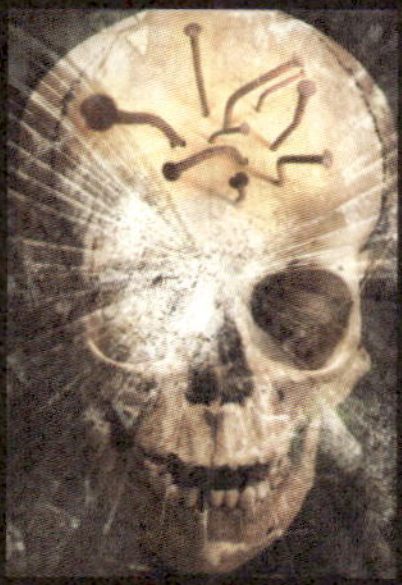

王様の椅子

King's Chair

◈

もしキミがキミを辞めたら

キミをやれる人が他にいなくなるっていう仕組みらしい

それが「 宇宙取扱説明書 」

キミ今日も泣いて過ごしたらしいじゃん？

さっき聞いたよ悪魔から

でも悪魔ちょっと悔しがってたぜ

泣きながら ちょっと笑ってたって

あんまりかっこ良いから泣かす回数を減らすらしいぜ

◈

所詮はその程度な自分と

意外にやるじゃんな自分のどっちが好きかなんて

いつだって知っている

◈

自信のある人が嫌いなキミ　弱音を吐く人が嫌いなキミ

みんな嫌いなキミ　結局キミが嫌いなのはキミ

静まり返った街に耳を傾けたら

自分の心臓の音がした

音楽みたいに今日も生きた

でももっと頑張れた

◈

嫌いな言葉集

「失敗は成功のもと」→ わりと失敗は失敗

「自分へのご褒美」→ 頑張るのは当たり前

「ナンバー１にならなくてもいい〜♫」→ 負け惜しみ

「全米が泣いた！」→ さほど泣いてない

◈

夜が魂をつかんで離さない

深い闇の先に新しい光を隠し持って

Old Friend

昔飼ってた猫が夢に出て来た
「実は人間だったんです」と言って
二本足で立ち上がり　首から下げた水筒から
緑色の湯気が出たお茶を飲んで
「また組みましょうよ」と言って消えた

祈り

ネズミのケツの穴を　指輪だと偽って売りつける世界
なんとか小さな光を見つけ　日々に感謝してみる
地球は重たい俺たちを乗せ　今日も真面目に回っているから

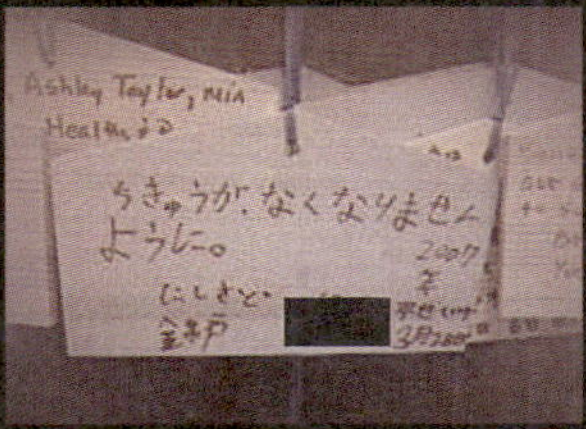

Empty Bottles

今日　イカスミパスタを食べていた猫に道を尋ねたら
「どの道も海に通じている」と言われた
猫は魚が大好きなのに 海の中では生きられない
憧れが生きる力になるから

約束のない待ち合わせ

満月以来　何者かに喉を突かれて言葉が溢れる
もし自分の人生にも「待ちに待った瞬間」が訪れたなら
どんな風に蓄積した闇は浄化されるのかな
その時を味わうまでは　決して生きることを辞められない
光の中でキラキラするハウスダストにさえ　神の存在を感じる時
過去の全てのヌカルミがサラサラになって
無数の天使が俺のまつ毛に腰掛けて　こう言うだろう
「やれば出来るじゃん！でもまだまだだけどねぇ」
37度5分　約束のない待ち合わせを夢想した

フェアリーテイル

水は砂に恋をして　キレイな貝殻あげました
砂は言った　こう言った
「だけどアナタと結ばれたなら　アタシは消えてなくなります」
水は言った　こう言った
「アナタの足だけ貰います
人魚になれば　永遠にアタシを想ってくれるから」

Flagile Fireworks

メリーゴーラウンドが　壊れたオルゴールみたいに鳴って
二頭の馬の幽霊が　不協和音なキスをする
「バチッ」と　ゼンマイの切れる音と共に打ち上がった花火は
ガラスの粉を地上に降らせ　今夜も誰かの夢を少しだけ怖くする
脳内遊園地のキャラメルポップコーンは　血の味がするという

Heat Man

風邪をひいて熱が出た・・・
子供の頃は風邪をひくのが楽しみだった
天井がいつもより高くなり　木目がウネウネ波打って
出現してくる顔と話すのが好きだった
ネバーランドから追い出され　色々知ったことで色々忘れた
本当に大切なことをたくさん忘れた
今日もじっと天井を見る　まだ Heat Man は現れない

70%

世界は7割の雨で出来ている
奇跡なんて起こらないって
待ってる人なんて来ないって
叶わない夢はもう見るなって
そう言いながら空は泣き　人の影をたいらげる
それでも人は髪を切り　淀んだ空に光を探す

世界は7割の雨で出来ている
朝なんて来なければいいって
愛なんていつか終わるって
形にならない理想は描くなって
そう言いながら空は泣き　人の意味を軽くする
それでも人は洗濯し　乾いたシャツの匂いを探す

秘密のサーカス

Secret Circus

◈

夢を現実にしたいから三つの言葉を忘れない

信じる　楽しむ　続ける

運命の顔色をコソコソと伺いながら生きてない？

決まった道など実は無く

あるのは諦めた道と 切り拓いた道の二本だけ

◈

体験や知識に貪欲で「永遠の一日」と

思える日を多く作れる人が

地位や名誉やお金じゃない所で裕福な人生を送るんだと思う

◈

死ぬまでに後何回くらいテーブルの角に膝をぶつける？

考えると憂鬱　でも先に「残り 462 回」と知らされたなら

きっともっと憂鬱になる

未来を変えるために全ての角にパッドを付けた

そう未来は変えられる

◈

安定の無い人生を自ら選んだ

保証は何一つない

その代わり　神すら想像出来ない明日を手に入れた

好きなことだけでは生きて行けないけど

嫌いなことはしないでも生きて行けると思う

◈

未来が予想出来ない生き方をしていると

不安だけど絶望することが無い

明日の自分に期待するから

◈

自分を表現するために妥協しない人を

「鼻つまみ者」と呼ぶならば

世界は鼻つまみ者が回しているって事になる

凄い音楽も 凄い絵も 凄い料理もメイド by 鼻つまみ者だ

イイコでいる必要なんて無いね

「面倒くさいヤツだなぁコイツ」って

嫌われながら 最後は感動させてやれ

◈

表現とは身を削ること

その削った身は受け手の喜びで埋めること

おはよう 新しいクリエイション

Round Midnight

止まると死ぬと言われる回遊魚は
高速で移動することで酸素を大量に取り入れ筋肉を身につける
ゆらゆら流されず自らグイグイと海を切り裂いて生きる
後ろを振り向くという概念すら無い

Music

ジンジャエールの泡に乗って　夢の出口まで浮上した
静寂と喧騒が手をつないだベッドルームで
腐りかけた身体が目を覚ます
どこからかマーラーのピアノが聞こえる
心臓とシンクロして俺にこう語りかける
「鼓動のリズムは未来にだけ奏でられている」

キャットストリート

脳みその溝の中に　一本だけ霊猫が通る道がある
魔力を持った猫は　キミの潜在意識に問いかける
オマエの行きたい道はどっち？
「A　ぬかるんで歩きにくい大きな魚が落ちた道」
「B　ぬかるみのない歩きやすくて小さな魚が落ちた道」
Bを選択すると　その道はすぐに閉じられ　現実の落とし穴となる
でも猫は気まぐれ　ヤツを信じるべきか否か
キミには答を先延ばす時間はもう無い

Rail road blues 2

はじまりそうで　はじまらなかったボクとキミ
はじめそうになって　あわててやめたボクとキミ
はじまったらおわるから　おわらないようにはじめなかった
でもはじめなかったのに　おわってしまった
とってもふしぎなボクとキミ

Merry round trip

秋の午後　鈍い光に潜むノスタルジーの天使が
忘れ物をした人々に　見えない「逆回転木馬」を映し出す
一回転で涙が乾き　二回転で口笛吹いて　三回転で子供に戻る
潮の香りはどこまでも優しく
「ワクワク」が生きることの真理だと教えてくれる

Perfect Circle

昔昔の大昔 丸い物しか無かったあの時代に
俺たちが丸い庭で円になって唄ったあの歌をまだ覚えてる？
そろそろ来そうなんだよ
あの歌を唄うタイミングがさ
だってもう少しで地球上から戦争が無くなるらしいから

世界の終わり

街の喧騒から遊離して　眼球レンズをワイドにした
冬の空気に潜む天使の吐息が　球面を優しく清め
見えない世界を心に描く
「世界が終わる時って　きっとこんな風景なんだ」
とあのコがいった
そう世界が終わる時　手にしておきたい三つの物
「新しい靴」「君を映す鏡」「明日の約束」
喧騒に戻り　人々の背中 背中 背中を見つめて気づく
人間一人一人が小さな吐息となって　世界の球面を磨いている

Sad Club

人は孤独じゃなくても寂しいし
寂しいからといって孤独なわけじゃない
今夜もどこかからやって来る寂しさを抱いて
おやすみ世界

92

あとがき

「マジックハンカチ」って俺が小学生の時に生まれて始めて自分で金を貯めて通信販売で買った15種類のマジックが出来るハンカチ。「たった1枚のハンカチで15種類のマジックが出来て、おまけにたちまちクラスの人気者になる！」って宣伝文句に書かれてた。当時の俺はもうワクドキで、手元に届くまで何回も夢を見たんだよ。1枚のハンカチからウサギやスケボーやお菓子が出て来てさ、最後は燃えてなくなるという夢。そして。それがついに現実に届いた。でも封筒を開けて愕然とした。そのハンカチは15種類のマジックが出来るんじゃなくて、15種類のマジックのやりかたが書かれただけのただのハンカチで、しかもハンカチを使わない手品ばっかり！おまけに詳しいやり方は別紙を見る仕組みだ・・・

　でも俺はその時このハンカチを大切にしようと思った。高かったから捨てるのは悔しい！という思いと、自分が想像していた世界を忘れたくなかったからだ。1枚のハンカチから想像力でどんな物でも出現させることが出来る。その想像の世界まで嘘にしたくなかったから。なんとそのハンカチは今でも俺の側にある。生きていると嫌なことが山ほどある。何もかもから逃げ出したくなる。そんな時このハンカチは「マジックハンカチ」という名の通り、俺にあの夢を見せてくれるんだ。

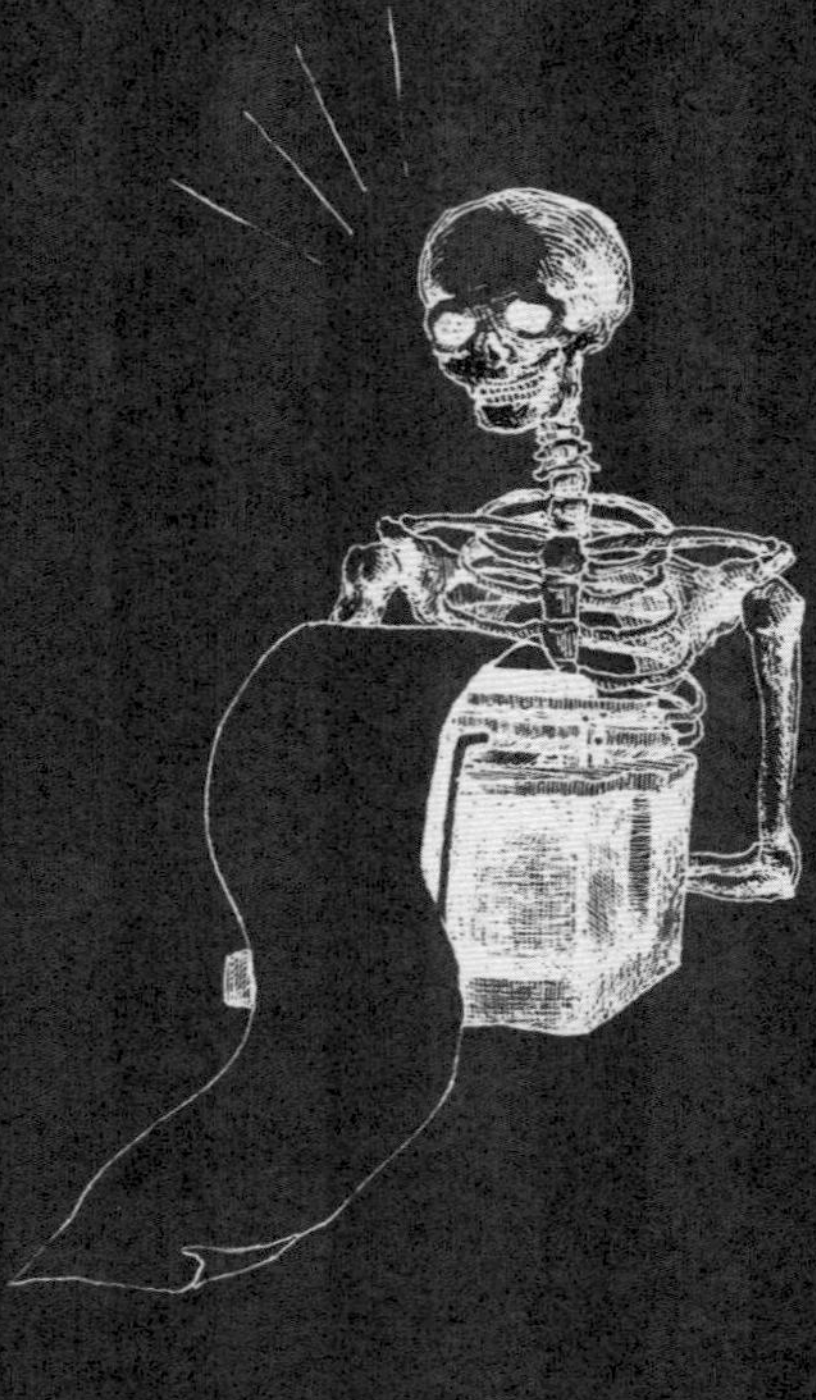

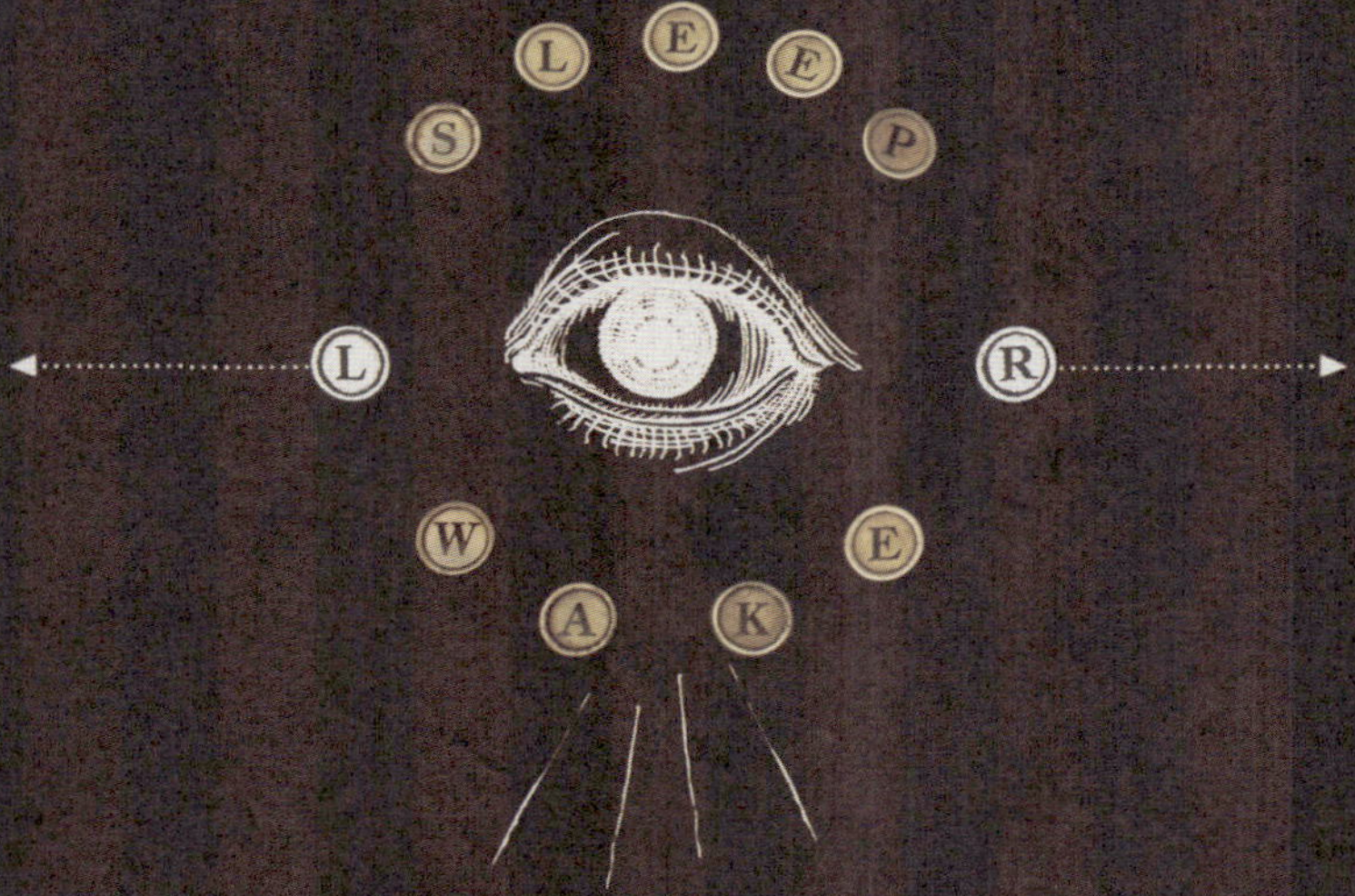
S L E E P
L
R
W A K E

二階健　Ken Nikai

クリエイター

映画「Soundtrack」（柴咲コウ・SUGIZO 主演）第12回スペイン国際ファンタスティック映画祭にて「最優秀脚本賞」「最優秀撮影監督賞」ダブル受賞。松竹全国公開「下弦の月〜ラスト・クォーター」（矢沢あい原作・栗山千明・成宮寛貴主演）、TVドラマ「GO！GO！HEAVEN！」（加藤夏希主演、編集協会年間 最優秀編集賞受賞）、「未来世紀シェイクスピア」（AAA主演）「演技者 REDRUM」（りょう・岡本健一・SUGIZO主演フジテレビ 優秀照明賞受賞）、「ホテルサンライズ Room666」（平山あや・加藤夏希・大杉蓮）等を演出。他に L'Arc-en-Ciel、HYDE、VAMPS、Halloween junky Orchestra、Plastic tree、ALI PROJECT、SuG などの MV や、アニメ「ダンタリアンの書架」ED 映像、ベルギーの絵本作家G・バンサン原作ショートアニメーション「アンジュール」（音楽 坂本龍一）、新宿マルイワンのハロウィンイベント「Get Ready for Halloween ！〜ハロウィンが待ちきれない！」の全館プロデュースなどを手がける。写真作品にも力を入れ、毎回盛況な個展を開催する中、書苑新社よりアート作品集「6 Sixth 〜超視覚の部屋」他5冊を出版。現在、新作実写映画の準備中。

Ken Nikai オフィシャルサイト　http://www.nikaiken.com

文・写真・装丁　二階健　　イラスト・装丁　ミサキ

Sleepwalker

発行日　2014年4月26日

著　者　二階健

発行人　鈴木孝

発　行　有限会社アトリエサード
東京都新宿区高田馬場 1-21-24-301 〒169-0075
TEL.03-5272-5037 FAX.03-5272-5038
http://www.a-third.com/ th@a-third.com
振替口座／00160-8-728019

発　売　株式会社書苑新社

印　刷　株式会社厚徳社

定　価　本体2222円＋税

ISBN978-4-88375-172-3 C0093 ¥2222E

©2014 KEN NIKAI　Printed in JAPAN

www.a-third.com